KB033293

열두 개의 달 시화집
七月.
천둥소리가 저 멀리서 들려오고

열두 개의 달 시화집
七月.
천둥소리가 저 멀리서 들려오고

윤동주 외 지음
제임스 휘슬러 그림

저녁달
고양이

■일러두기
시인 고유의 필치(筆致)를 살리기 위해 표기와 맞춤법은 되도록 초판본을 따랐습니다.

칠월 보름에
아! 갖가지 제물 벌여 두고
님과 함께 지내고자 소원을 비옵니다.

_고려가요 '동동' 중 七月

차
례

一. 만엽집의 단가

二. 비 오는 밤 _윤동주

三. 저녁별 _노천명

四. 청포도 _이육사

五. 비 _백석

六. 장마 _고석규

七. 하이쿠 _시키

八. 빨래 _윤동주

九. 기왓장 내외 _윤동주

十. 나의 창(窓) _윤곤강

十一. 눈물이 쉬루르 흘러납니다 _김소월

十二. 수풀 아래 작은 샘 _김영랑

十三. 비 갠 아침 _이상화

十四. 할아버지 _정지용

十五. 사과 _윤동주

十六日。 밤에 오는 비 _허민

十七日。 하이쿠 _료칸

十八日。 맑은 물 _허민

十九日。 소녀 2 _노천명

二十日。 하일소경(夏日小景) _이장희

二十一日。 옥수수 _노천명

二十二日。 하이쿠 _사이교

二十三日。 별바다의 기억(記憶) _윤곤강

二十四日。 잠자리 _윤곤강

二十五日。 외갓집 _윤곤강

二十六日。 하이쿠 _잇사

二十七日。 바다 1 _정지용

二十八日。 바다에의 향수 _노천명

二十九日。 하답 _백석

三十日。 선우사(膳友辭) - 함주시초(咸州詩抄) 4 _백석

三十一日。 햇비 _윤동주

천둥소리가 저 멀리서 들려오고
구름이 끼어서 비라도 내리지 않을까
그러면 널 붙잡을 수 있을 텐데

-

천둥소리가 저 멀리서 들리며
비가 내리지 않는다 해도
당신이 붙잡아 주신다면

만엽집의 단가 中

鳴る神の 少し響みて
さし曇り 雨も降らぬか
きみを留めむ

-

鳴る神の 少し響みて
降らずとも
吾は留まらむ 妹し留めば

비 오는 밤

윤동주

쏴! 철석! 파도소리 문살에 부서져
잠 살포시 꿈이 흐터진다.

잠은 한낫 검은 고래떼처럼 살래어,
달랠 아무런 재조도 없다.

불을 밝혀 잠옷을 정성스리 여미는
삼경(三更).
염원(念願)

동경의 땅 강남에 또 홍수질 것만 시퍼,
바다의 향수보다 더 호젓해진다.

저녁별

노천명

그 누가 하늘에 보석을 뿌렸나
작은 보석 큰 보석 곱기도 하다
모닥불 놓고 옥수수 먹으며
하늘의 별을 세든 밤도 있었다.

별 하나 나 하나 별 두울 나 두울
논뜰엔 따옥새 구슬피 울고
강낭수숫대 바람에 셀렐 제
은하수 바라보면 잠도 멀어져

물방앗소리- 들은 지 오래-
고향 하늘 별 뜬 밤 그리운 밤
호박꽃 초롱에 반딧불 넣고
이즈음 아이들도 별을 세는지

청포도

이육사

내 고장 칠월(七月)은
청포도가 익어가는 시절

이 마을 전설이 주저리 주저리 열리고
먼데 하늘이 꿈꾸며 알알이 들어와 박혀

하늘밑 푸른 바다가 가슴을 열고
흰 돛단배가 곱게 밀려서 오면

내가 바라는 손님은 고달픈 몸으로
청포를 입고 찾아온다고 했으니

내 그를 맞아 이 포도를 따 먹으면
두 손은 함뿍 적셔도 좋으련

아이야 우리 식탁엔 은쟁반에
하이얀 모시 수건을 마련해 두렴

비

아카시아들이 언제 흰 두레방석을 깔았나
어디로부터 물쿤 개비린내가 난다

장마

고석규

바람에 앞서며 강(江)이 흘렀다
강보다 너른 추세(趨勢)였다.

몸을 내리는 것은 어두움과
푸를적한 안개의 춤들.

더부러 오는 절류(絶流)가에
웃녘의 실지(失地)들을 바라보며
앉았고 서고 남았다.
망서리는 우리들이었다.

손바닥 안의
반딧불이 한 마리
그 차가운 빛

手の内に蛍つめたき光かな

시키

빨래

윤동주

빨랫줄에 두 다리를 드리우고
흰 빨래들이 귓속 이야기하는 오후,

쨍쨍한 칠월 햇발은 고요히도
아담한 빨래에만 달린다.

기왓장 내외

윤동주

비오는날 저녁에 기왓장내외
잃어버린 외아들 생각나선지
꼬부라진 잔등을 어루만지며
쭈룩쭈룩 구슬퍼 울음웁니다.

대궐지붕 위에서 기왓장내외
아름답든 옛날이 그리워선지
주름잡힌 얼굴을 어루만지며
물끄러미 하늘만 처다봅니다.

나의 창(窓)

등불 끄고 물소리 들으며
고이 잠들자

가까웠다 멀어지는
나그네의 지나는 발자춰…

나그네 아닌 사람이 어디 있더냐
별이 지고 또 지면

달은 떠 오리라
눈도 코도 잠든 나의 창에…

눈물이 쉬루르 흘러납니다

김소월

눈물이 수르르 흘러납니다,
당신이 하도 못 잊게 그리워서
그리 눈물이 수르르 흘러납니다.

잊히지도 않는 그 사람은
아주나 내버린 것이 아닌데도,
눈물이 수르르 흘러납니다.

가뜩이나 설운 맘이
떠나지 못할 운(運)에 떠난 것도 같아서
생각하면 눈물이 쉬루르 흘러납니다.

수풀 아래 작은 샘

김영랑

수풀 아래 작은 샘
언제나 흰구름 떠가는 높은 하늘만 내어다보는
수풀 속의 맑은 샘
넓은 하늘의 수만 별을 그대로 총총 가슴에 박은 작은 샘
두레박이 쏟아져 동이 갓을 깨지는 찬란한 떼별의 흩는 소리
얽혀져 잠긴 구슬손결이
웬 별나라 휘흔들어 버리어도 맑은 샘
해도 저물녘 그대 종종걸음 흰듯 다녀갈 뿐 샘은 외로와도
그 밤 또 그대 날과 샘과 셋이 도른도른
무슨 그리 향그런 이야기 날을 새웠나
샘은 애끈한 젊은 꿈 이제도 그저 지녔으리
이 밤 내 혼자 내려가 볼꺼나 내려가 볼꺼나

비 갠 아침

밤이 새도록 퍼붓던 그 비도 그치고
동편 하늘이 이제야 불그레하다
기다리는 듯 고요한 이 땅 위로
해는 점잖게 돋아 오른다.

눈부시는 이 땅
아름다운 이 땅
내야 세상이 너무도 밝고 깨끗해서
발을 내밀기에 황송만 하다.

해는 모든 것에서 젖을 주었나 보다.
동무여, 보아라,
우리의 앞뒤로 있는 모든 것이
햇살의 가닥 - 가닥을 잡고 빨지 않느냐.

이런 기쁨이 또 있으랴.
이런 좋은 일이 또 있으랴.
이 땅은 사랑 뭉텅이 같구나.
아, 오늘의 우리 목숨은 복스러워도 보인다.

할아버지

정지용

할아버지가
담배ㅅ대를 물고
들에 나가시니,
궂은 날도
곱게 개이고,

할아버지가
도롱이를 입고
들에 나가시니,
가믄 날도
비가 오시네.

사과

윤동주

붉은 사과 한 개를
아버지 어머니
누나, 나, 넷이서
껍질채로 송치까지
다 — 논아먹엇소.

밤에 오는 비

추억의 덩굴에 눈물의 쓰린 비
피었던 금잔화는 시들어 버린다

처마 끝 떨어지는 어둠의 여름비
소리도 애처로워 가슴은 쓰린다

옛날은 어둠인가 멀어졌건만
한 일은 빗소린가 머리에 들린다

뒤숭한 이 밤을 새우지 못하는
젊은이 가슴 깊이 옛날을 그린다

탁발 그릇에
내일 먹을 쌀 있다
저녁 바람 시원하고

鉄鉢に明日の米あり夕涼み

료칸

맑은 물

허민

숲 사이로 흐르는 맑은 물들은
함께 서로 손잡고 흘러나리네
서늘스런 그 자태 어디서 왔나
구름 나라 선물로 이 땅에 왔네

졸졸졸졸 흐르는 맑은 물들은
이 땅 우의 거울이 되어 있어요
구름 얼굴 하늘을 아듬어 있고
저녁 별님 반짝을 감추고 있네

숲 사이에서 흐르는 맑은 물들아
너희들의 앞길이 어드메느냐
동쪽 나라 바다로 길을 걷느냐
아침 해님 모시려 흘러가느냐

졸졸졸졸 흐르는 맑은 물에게
어린 솜씨 만들은 대배를 띄네
어머니가 그곳서 이 배를 타고
오도록만 비옵네 풀피리 부네

소녀 2

노천명

빰이 능금 같을 뿐 아니라
다리가 씨름꾼 같아

내가 슬그머니
질투를 느낌은
그 청춘이 내게 도전하는 까닭이다.

하일소경(夏日小景)

이장희

운모(雲母)같이 빛나는 서늘한 테이블.
부드러운 얼음, 설탕, 우유(牛乳).
피보다 무르녹은 딸기를 담은 유리잔(琉璃盞).
얇은 옷을 입은 저윽히 고달픈 새악시는
기름한 속눈썹을 깔아메치며
가냘픈 손에 들은 은(銀)사슬로
유리잔(琉璃盞)의 살찐 딸기를 부수노라면
담홍색(淡紅色)의 청량제(淸涼劑)가 꽃물같이 흔들린다.
은(銀)사슬에 옮기인 꽃물은
새악시의 고요한 입술을 앵도보다 곱게도 물들인다.
새악시는 달콤한 꿈을 마시는 듯
그 얼굴은 푸른 잎사귀같이 빛나고
콧마루의 수은(水銀) 같은 땀은 벌써 사라졌다.
그것은 밝은 하늘을 비추어 작은 못 가운데서
거울같이 피어난 연(蓮)꽃의 이슬을
헤엄치는 백조(白鳥)가 삼키는 듯하다.

옥수수

우물가에서도 그는 말이 적었다.
아라사 어디메로 갔다는 소문을 들은 채
올해도 수수밭 깜부기가 패어 버렸다.

샛노란 강냉이를 보고 목이 메일 제
울안의 박꽃도 번잡한 웃음을 삼가 했다.
수국꽃이 향그럽든 저녁-
처녀는 별처럼 머언 애기를 삼켰더란다.

누군가 오려나
달빛에 이끌려서
생각하다 보니
어느 틈에 벌써
날이 새고 말았네

誰来なん月の光にさそはれてと
思ふに夜半の明けぬなるかな

사이교

별바다의 기억(記憶)

윤곤강

마음의 광야(曠野) 위에
푸른 눈동자를 가진 밤이 찾아들면

후줄근히 지친 넋은
병든 소녀처럼 흐느껴 울고

울어도 울어도
풀어질 줄 모르는 무거운 슬픔이
안개처럼 안개처럼
내 침실의 창기슭에 어리면

마음의 허공에는
고독의 검은 구름이
만조처럼 밀려들고

— 이런 때면 언제나
별바다의 기억이
제비처럼 날아든다

내려다보면
수없는 별떼가
무논 위에 금가루를 뿌려 놓고

건너다 보면
어둠 속을 이무기처럼
불 켠 밤차가 도망질치고

처다보면
붉은 편주처럼 쪽달이
둥실 하늘바다에 떠 있고

우리들은
나무 그림자 길게 누운 논뚝 위에서
퇴색(退色)한 마음을 주홍빛으로 염색(染色)하고
오고야 말 그 세계의 꽃송이 같은 비밀을
비둘기처럼 이야기했더니라

잠자리

윤곤강

능금처럼 볼이 붉은 어린애였다
울타리에서 잡은 잠자리를
잿불에 끄슬려 먹던 시절은

그때 나는 동무가 싫었다
그때 나는 혼자서만 놀았다

이웃집 순이와 짚누리에서
동생처럼 볼을 비비며 놀고 싶었다

그때부터 나는 부끄럼을 배웠다
그때부터 나는 잠자리를 먹지 않았다

외갓집

윤곤강

엄마에게 손목 잡혀
꿈에 본 외갓집 가던 날
기인 기인 여름해 허둥 지둥 저물어
가도 가도 산과 길과 물뿐……

별떼 총총 못물에 잠기고
덤굴 속 반딧불 흩날려
여호 우는 숲 저 쪽에
흰 달 눈섭을 그릴 무렵

박넝쿨 덮인 초가 마당엔
집보다 더 큰 호두나무 서고
날 보고 웃는 할아버지 얼굴은
시드른 귤처럼 주름졌다

얼마나 운이 좋은가
올해에도 모기에 물리다니

目出度さは今年のに蚊にも食われたり

잇사

바다 1

오·오·오·오·오· 소리치며 달려 가니
오·오·오·오·오· 연달어서 몰아 온다.

간 밤에 잔살포시
머언 뇌성이 울더니,

오늘 아침 바다는
포도빛으로 부풀어젓다.

철석, 처얼석, 철석, 처얼석, 철석,
제비 날어 들듯 물결 새이새이로 춤을 추어.

바다에의 향수

노천명

기억에 잠긴 남빛 바다는 아드윽하고
이를 그리는 정열은 걷잡지 못한 채-
낯선 하늘 머언 물 위에서
오늘도 떠가는 구름으로 마음을 달래보다

지금은 바다 저편에 7월의 태양이 물 위에 빛나고
기인 항해에 지친 배의 육중스런 몸뚱이는
집시의 퇴색한 꿈을 안고 푸른 요 위에 딩굴며
낯익은 섬들의 기억을 뒤적거리리...

푸른 밭을 갈아 흰 이랑을 뒤에 남기며
장엄한 출범은 이 아침에도 있었으리....
늠실거리는 파도- 바다의 호흡- 흰 물새-
오늘도 내 마음을 차지하다-

하답(夏畓)

백석

짝새가 발뿌리에서 닐은 논드렁에서 아이들은
개구리의 뒷다리를 구어먹었다

게구멍을 쑤시다 물쿤하고 배암을 잡은 늪의
피 같은 물이끼에 햇볕이 따그웠다

돌다리에 앉어 날버들치를 먹고 몸을 말리는
아이들은 물총새가 되었다

선우사(膳友辭) - 함주시초(咸州詩抄) 4

백석

낡은 나조반에 흰밥도 가재미도 나도 나와 앉어서
쓸쓸한 저녁을 맞는다

흰밥과 가재미와 나는
우리들은 그 무슨 이야기라도 다 할 것 같다
우리들은 서로 미덥고 정답고 그리고 서로 좋구나

우리들은 맑은 물밑 해정한 모래톱에서 하구 긴
날을 모래알만 헤이며 잔뼈가 굵은 탓이다
바람 좋은 한벌판에서 물닭이 소리를 들으며
단이슬 먹고 나이들은 탓이다
외따른 산골에서 소리개소리 배우며 다람쥐
동무하고 자라난 탓이다

우리들은 모두 욕심이 없어 희여졌다
착하디 착해서 세괏은 가시 하나 손아귀 하나 없다
너무나 정갈해서 이렇게 파리했다

우리들은 가난해도 서럽지 않다
우리들은 외로워할 까닭도 없다
그리고 누구 하나 부럽지도 않다

흰밥과 가재미와 나는
우리들이 같이 있으면
세상 같은 건 밖에 나도 좋을 것 같다

햇비

윤동주

아씨처럼 나린다
보슬보슬 해ㅅ비
맞아주자 다 같이
— 옥수숫대처럼 크게
— 닷자엿자 자라게
— 햇님이 웃는다
— 나보고 웃는다.

하늘다리 놓였다
알롱알롱 무지개
노래하자 즐겁게
— 동무들아 이리 오나
— 다 같이 춤을 추자
— 햇님이 웃는다
— 즐거워 웃는다.

Dining Room Aubrey H.

윤동주

尹東柱. 1917~1945. 일제강점기의 저항(항일)시인이자 독립운동가. 아명은 해환(海煥). 해처럼 빛나라는 뜻이다. 동생인 윤일주의 아명은 환(達煥)이다. 갓난아기 때 세상을 떠난 동생은 '별환'이다.

윤동주는 만주 북간도의 명동촌에서 태어났으며, 기독교인인 할아버지의 영향을 받았다. 1931년(14세)에 명동소학교를 졸업하고, 한때 중국인 관립학교인 대랍자 학교를 다니다 가족이 용정으로 이사하자 용정에 있는 은진중학교에 입학하였다. 1935년에 평양의 숭실중학교로 전학하였으나, 학교에 신사참배 문제가 발생하여 폐쇄당하고 말았다. 다시 용정에 있는 광명학원의 중학부로 편입하여 거기서 졸업하였다.

1941년에는 서울의 연희전문학교 문과를 졸업하고, 일본으로 건너가 도쿄에 있는 릿교 대학 영문과에 입학하였다가, 다시 1942년, 도시샤 대학 영문과로 옮겼다. 학업 도중 귀향하려던 시점에 항일운동을 했다는 혐의로 일본 경찰에 체포되어(1943. 7), 2년 형을 선고받고 후쿠오카 형무소에서 복역하였다. 그러나 복역 중 건강이 악화되어 1945년 2월에 생을 마감하고 말았다. 유해는 그의 고향 용정에 묻혔다. 한편, 그의 죽음에 관해서는 옥중에서 정체를 알 수 없는 주사를 정기적으로 맞은 결과이며, 이는 일제의 생체실험의 일환이었다는 주장도 제기되고 있다.

15세 때부터 시를 쓰기 시작하여 첫 작품으로 〈삶과 죽음〉〈초한대〉를 썼다. 발표 작품으로는 만주의 연길에서 발간된 《가톨릭 소년》지에 실린 동시 〈병아리〉(1936. 11) 〈빗자루〉(1936. 12) 〈오줌싸개 지도〉(1937. 1) 〈무얼 먹구사나〉(1937. 3) 〈거짓부리〉(1937. 10) 등이 있다. 연희전문학교에 다닐 때에는 《조선일보》에 발표한 산문 〈달을 쓰다〉, 교지 《문우》지에 게재된 〈자화상〉〈새로운 길〉이 있다. 그리고 그의 유작인 〈쉽게 쓰여진 시〉가 사후에 《경향신문》에 게재되기도 하였다(1946).

그의 절정기에 쓰인 작품들을 1941년 연희전문학교를 졸업하던 해에 《하늘과 바람과 별과 시》라는 제목으로 발간하려 하였으나 뜻을 이루지 못하였다. 그의 자필 유작 3부와 다른 작품들을 모아 친구 정병욱과 동생 윤일주가, 사후에 그의 뜻대로 1948년, 《하늘과 바람과 별과 시》라는 제목으로 출간했다.

29년의 짧은 생애를 살았지만 특유의 감수성과 삶에 대한 고뇌, 독립에 대한 소망이 서려 있는 작품들로 인해 대한민국 문학사에 길이 남은 전설적인 문인이다. 2017년 12월 30일, 탄생 100주년을 맞이했다.

백석

白石. 1912~1996. 일제 강점기와 조선민주주의인민공화국의 시인이자 소설가, 번역 문학가이다. 본명은 백기행(白夔行)이며 본관은 수원(水原)이다. '白奭(백석)'과 '白夷 (백석)'이라는 아호(雅號)가 있었으나, 작품에서는 거의 '白石(백석)'을 쓰고 있다.

평안북도 정주(定州) 출신. 오산고등보통학교를 마친 후, 일본에서 1934년 아오야마 학원 전문부 영어사범과를 졸업하였다. 부친 백용삼과 모친 이봉우 사이의 3남 1녀 중 장남으로 출생했다. 부친은 우리나라 사진계의 초기인물로 《조선일보》의 사진반 장을 지냈다. 모친 이봉우는 단양군수를 역임한 이양실의 딸로 소문에 의하면 기생 내지는 무당의 딸로 알려져 백석의 혼사에 결정적인 지장을 줄 정도로 당시로서는 심한 천대를 받던 천출의 소생으로 알려져 있다.

1930년 《조선일보》 신년현상문예에 1등으로 당선된 단편소설 〈그 모(母)와 아들〉로 등단했고, 몇 편의 산문과 번역소설을 내며 작가와 번역가로서 활동했다. 실제로는 시작(詩作) 활동에 주력했으며, 1936년 1월 20일에는 그간 《조선일보》와 《조광(朝光)》에 발표한 7편의 시에, 새로 26편의 시를 더해 시집 《사슴》을 자비로 100권 출간했다. 이 무렵 기생 김진향을 만나 사랑에 빠졌고 이때 그녀에게 '자야(子夜)'라는 아호를 지어주었다.

이후 1948년 《학풍(學風)》 창간호(10월호)에 〈남신의주 유동 박시봉방(南新義州 柳洞 朴時逢方)〉을 내놓기까지 60여 편의 시를 여러 잡지와 신문, 시선집 등에 발표했으나, 분단 이후 북한에서의 활동은 정확히 알려진 것이 없다.

백석은 자신이 태어난 마을과 마을 사람들 그리고 주변 자연을 대상으로 시를 썼다. 작품에는 평안도 방언을 비롯하여 여러 지방의 사투리와 고어를 사용했으며 소박한 생활 모습과 철학적 단면이 시에 잘 드러나 있다. 그의 시는 한민족의 공동체적 친근 성에 기반을 두었고 작품의 도처에는 고향의 부재에 대한 상실감이 담겨 있다.

정지용

鄭芝溶. 1902~1950. 대한민국의 대표적 서정 시인이다. 충청북도 옥천군 옥천면 하계리에서 한의사인 정태국과 정미하 사이에서 맏아들로 태어났다. 연못의 용이 하늘로 올라가는 태몽을 꾸었다고 하여 아명은 지룡(池龍)이라고 하였다. 당시 풍습에 따라 열두 살에 송재숙(宋在淑)과 결혼했으며, 1914년 아버지의 영향으로 로마 가톨릭에 입문하여 '방지거(方濟各, 프란치스코)'라는 세례명을 받았다. 정지용은 섬세하고 독특한 언어를 구사하며, 생생하고 선명한 대상 묘사에 특유의 빛을 발하는 시인이다. 한국현대시의 신경지를 열었다는 평가를 받고 있으며, 이상을 비롯하여 조지훈, 박목월 등과 같은 청록파 시인들을 등장시키기도 했다. 그는 휘문고보 재학 시절 〈서광〉 창간호에 소설 〈삼인〉을 발표하였으며, 일본 유학시절에는 대표작이 된 〈향수〉를 썼다. 1930년에 시문학 동인으로 본격적인 문단활동을 했고, 구인회를 결성하고, 문장지의 추천위원으로도 활동했다. 해방 이후에는 《경향신문》의 주간으로 일하며 대학에도 출강했는데, 이화여대에서는 라틴어와 한국어를, 서울대에서는 시경을 강의했다. 1950년 한국전쟁이 일어난 뒤에는 김기림, 박영희 등과 함께 서대문형무소에 수용되었다가, 이후 납북되었다가 사망하였다. 사망 장소와 시기는 정확히 확인되지 않는데, 1953년 평양에서 사망했다고 알려져 있다. 주요 저서로는 《정지용 시집》 《백록

담》《지용문학독본》 등이 있다. 그의 고향 충북 옥천에서는 매년 5월에 지용제를 개최하고 있으며, 1989년부터는 시와 시학사에서 정지용문학상을 제정하여 매년 시상하고 있다.

김소월

金素月. 1902~1934. 일제 강점기의 시인. 본명은 김정식(金廷湜)이지만, 호인 소월(素月)로 더 널리 알려져 있다. 본관은 공주(公州)이며 1934년 12월 24일 평안북도 곽산 자택에서 33세 나이에 음독자살했다. 그는 서구 문학이 범람하던 시대에 민족 고유의 정서를 노래한 시인이라고 평가받고 서정적인 시로 오늘날까지도 많은 사랑을 받고 있다. 〈진달래꽃〉〈금잔디〉〈엄마야 누나야〉〈산유화〉 외 많은 명시를 남겼다. 한 평론가는 "그 왕성한 창작적 의욕과 그 작품의 전통적 가치를 고려해 볼 때, 1920년대에 있어서 천재라는 이름으로 불릴 수 있는 거의 유일한 시인이었음을 알 수 있다"고 평가했다.

김영랑

金永郎. 1903~1950. 시인. 본관은 김해(金海). 본명은 김윤식(金允植). 영랑은 아호인데《시문학(詩文學)》에 작품을 발표하면서부터 사용하기 시작하였다. 전라남도 강진 출신. 1915년 강진보통학교를 졸업한 뒤 혼인하였으나 1년 반 만에 부인과 사별하였다. 초기 시는 1935년 박용철에 의하여 발간된《영랑시집》초판의 수록시편들이 해당되는데, 여기서는 자연에 대한 깊은 애정이나 인생태도에 있어서의 역정(逆情)·회의 같은 것은 찾아볼 수 없다. '슬픔'이나 '눈물'의 용어가 수없이 반복되면서 그 비애의식은 영탄이나 감상에 기울지 않고, '마음'의 내부로 향해져 정감의 극치를 이루고 있다. 그의 초기 시는 같은 시문학동인인 정지용 시의 감각적 기교와 더불어 그 시대 한국 순수시의 극치를 보여주고 있다. 그러나 1940년을 전후하여 민족항일기 말기에 발표된 〈거문고〉〈독(毒)을 차고〉〈망각(忘却)〉〈묘비명(墓碑銘)〉 등 일련의 후기 시에서는 그 형태적인 변모와 함께 인생에 대한 깊은 회의와 '죽음'의 의식이 나타나 있다.

노천명

盧天命. 1911~1957. 일제 강점기의 시인, 작가, 언론인이다. 본관은 풍천(豐川)이며, 황해도 장연군 출생이다. 아명은 노기선(盧基善)이나, 어릴 때 병으로 사경을 넘긴 뒤 개명하였다. 1930년 진명여학교를 졸업하고, 그해 이화여전 영문학과에 입학했다. 이화여전 재학 때인 1932년 시 〈밤의 찬미〉〈포구의 밤〉 등을 발표했다. 그 후 〈눈 오는 밤〉〈망향〉 등 주로 애틋한 향수를 노래한 시들을 발표했다. 널리 애송된 그의 대표작 〈사슴〉으로 인해 '사슴의 시인'으로 불리기도 했다. 독신으로 살았던 그의 시에는 주로 개인적인 고독과 슬픔의 정서가 부드럽게 담겨 있다.

이상화

李相和. 1901~1943. 시인. 본관은 경주(慶州). 호는 무량(無量)·상화(尙火, 想華)·백아(白啞). 경상북도 대구 출신. 7세에 아버지를 잃고, 14세까지 가정 사숙에서 큰아버지 이일우(李一雨)의 훈도를 받으며 수학하였다. 18세에 경성중앙학교(지금의 중앙중·고등학교) 3년을 수료하고 강원도 금강산 일대를 방랑하였다. 1917년 대구에서 현진건(玄鎭健)·백기만·이상백(李相佰)과 《거화(炬火)》를 프린트판으로 내면서 시작 활동을 시작하였다. 21세에는 현진건의 소개로 박종화(朴鍾和)를 만나 홍사용(洪思容)·나도향(羅稻香)·박영희(朴英熙) 등과 함께 '백조(白潮)' 동인이 되어 본격적인 문단 활동을 시작하였다. 그의 후기 작품 경향은 철저한 회의와 좌절의 경향을 보여주는데 그 대표적 작품으로는 〈역천(逆天)〉(시원, 1935) 〈서러운 해조〉(문장, 1941) 등이 있다. 문학사적으로 평가하면, 어떤 외부적 금제로도 억누를 수 없는 개인의 존엄성과 자연적 충동(情)의 가치를 역설한 이광수(李光洙)의 논리의 연장선상에 놓여 있는 '백조파' 동인의 한 사람이다. 그러나 동시에 그 한계를 뛰어넘은 시인으로, 방자한 낭만과 미숙성과 사회개혁과 일제에 대한 저항과 우월감에 가득한 계몽주의와 로맨틱한 혁명사상을 노래하고, 쓰고, 외쳤던 문학사적 의의를 보여주고 있다.

이육사

李陸史. 1904~1944. 독립운동가이자 시인. 본관은 진성(眞城). 경상북도 안동 출신. 본명은 이원록(李源綠) 또는 이원삼(李源三). 개명은 이활(李活), 자는 태경(台卿). 아호 육사(陸史)는 대구형무소 수감번호 '이육사(二六四)'에서 취음한 것이다. 작품 발표 때 '육사'와 '二六四(이육사)' 및 활(活)을 사용하였다. 아버지는 이황(李滉)의 13대 손인 이가호(李家鎬)이며, 어머니는 허길(許吉)로, 5형제 중 둘째 아들이다. 일제 강점기에 시인이자 독립운동가로서 강렬한 민족의식을 갖추고 있던 이육사는 각종 독립운동단체에 가담하여 항일투쟁을 했고 생애 후반에는 총칼 대신 문학으로 일제에 저항했던 애국지사였다. 그의 첫 작품은 1935년 《신조선》에 발표한 〈황혼〉이었다. 1934년 신조선사 근무를 비롯하여 중외일보사, 조광사, 인문사 등 언론기관에 종사하면서 시 외에도 한시와 시조, 논문, 평론, 번역, 시나리오 등에 손을 대어 재능을 나타냈다. 1935년 시조〈춘추삼제(春秋三題)〉와 시〈실제(失題)〉를 썼으며, 1937년 신석초·윤곤강·김광균 등과 《자오선》을 발간하여 〈청포도〉 〈교목〉 〈파초〉 등의 상징적이면서도 서정이 풍부한 목가풍의 시를 발표했다.

윤곤강

尹崑崗. 1911~1949. 시인. 충청남도 서산 출생. 본명은 붕원(朋遠). 1933년 일본 센슈 대학을 졸업했으며, 1934년 《시학》 동인의 한 사람으로 문단에 등장했다. 초기에는 카프파의 한 사람으로 시를 썼으나 곧 암흑과 불안, 절망을 노래하는 퇴폐적 시풍을 띠게 되었고 풍자적인 시를 썼다. 그러나 해방 후에는 전통적 정서에 대한 애착과 탐구를 시에 표현했다. 동인지 《시학》을 주간, 그 밖의 시집으로 《빙하》 《동물시집》 《살어리》 등이 있고, 시론집으로 《시와 진실》이 있다.

고석규

高錫珪. 1932~1958. 시인이자 문학평론가. 함경남도 함흥 출생. 의사 고원식(高元植)의 외아들이다. 함흥에서 고등학교를 마치고 월남하여 6·25전쟁 때 자진입대했다. 부산대학교 문리과대학 국문학과를 거쳐 같은 대학원을 졸업하고, 강사로 있었다. 시뿐 아니라 참신한 평론가로서 주목을 받았으나 문학에 대한 열망으로 지나치게 몸을 혹사하여 26세의 젊은 나이에 심장마비로 생을 달리했다. 1953년의 평론 〈윤동주의 정신적 소묘(精神的素描)〉는 윤동주 시에 대한 최초의 연구로 평가되는데, 윤동주 시의 내면의식과 심상, 그리고 심미적 요소들을 일제 암흑기 극복을 위한 실존적 몸부림으로 파악하였다. 이는 윤동주 연구의 초석이라 평가되고 있다.

이장희

李章熙. 1900~1929. 시인. 본관은 인천(仁川). 본명은 이양희(李樑熙), 아호는 고월(古月). 대구 출신. 1920년에 이장희(李樟熙)로 개명하였으나 필명으로 장희(章熙)를 사용한 것이 본명처럼 되었다. 문단의 교우 관계는 양주동(梁柱東)·유엽(柳葉)·김영진(金永鎭)·오상순(吳相淳)·백기만(白基萬)·이상화(李相和) 등 극히 제한되어 있었다. 세속적인 것을 싫어하여 고독하게 살다가 1929년 11월 대구 자택에서 음독자살하였다. 이장희의 전 시편에 나타난 시적 특색은 섬세한 감각과 시각적 이미지, 그리고 계절의 변화에 따른 시적 소재의 선택에 있다. 대표작 〈봄은 고양이로다〉는 다분히 보들레르와 같은 발상법을 바탕으로 하고 있는데 '고양이'라는 한 사물이 예리한 감각으로 조형되어 생생한 감각미를 보이고 있다. 이 시는 작자의 순수지각(純粹知覺)에서 포착된 대상인 고양이를 통해서 봄이 주는 감각을 집약적으로 표현하고 있다. 1920년대 초반의 시단은 퇴폐주의·낭만주의·자연주의·상징주의 등 서구 문예사조에 온통 휩싸여 퇴폐성이나 감상성이 지나치게 노출되어 있었음에도 불구하고, 그의 시는 섬세한 감각과 이미지의 조형성을 보여주고 있다. 바로 뒤를 이어 활동한 정지용(鄭芝溶)과 함께 한국시사에서 새로운 시적 경지를 개척하였다.

허민

許民. 1914~1943. 시인·소설가. 경남 사천 출신. 본명은 허종(許宗)이고, 민(民)은 필명이다. 허창호(許昌瑚), 일지(一枝), 곡천(谷泉) 등의 필명을 썼고, 법명으로 야천(野泉)이 있다. 허민의 시는 자유시를 중심으로 시조, 민요시, 동요, 노랫말에다 성가, 합창극에까지 이르는 다양한 갈래에 걸쳐 있다. 시의 제재는 산·마을·바다·강·호롱불·주막·물귀신·산신령 등 자연과 민속에 속하며, 주제는 막연한 소년기 정서에서부터 농촌을 중심으로 민족 현실에 대한 다채로운 깨달음과 질병(폐결핵)에 맞서 싸우는 한 개인의 실존적 고독 등을 표현하고 있다. 시 〈율화촌(栗花村)〉은 단순한 복고취미로서의 자연애호에서 벗어나 인정이 어우러진 안온한 농촌공동체를 형상화함으로써 시적 비전을 제시하고자 하였다.

마사오카 시키

正岡子規. 1867~1902. 일본의 시인이자 일본어학 연구가. 하이쿠, 단카, 신체시, 소설, 평론, 수필을 위시해 많은 저작을 남겼으며, 일본의 근대 문학에 지대한 영향을 주었다. 메이지 시대를 대표할 정도로 전형이 될 만한 특징이 있는 문학가 중 일인이다. 병상에서 마사오카는 《병상육척(病牀六尺)》을 남기고, 1902년 결핵으로 34세의 젊은 나이에 사망한다. 《병상육척》은 결핵으로 투병하면서도 어떤 감상이나 어두운 그림자 없이 죽음에 임한 마사오카 시키 자신의 몸과 정신을 객관적으로 사생한 뛰어난 인생기록으로 평가받으며 현재까지 사랑받고 있으며, 같은 시기에 병상에서 쓴 일기인 《앙와만록(仰臥漫録)》의 원본은 현재 효고 현 아시야 시의 교시 기념 문학관(虚子記念文学館)에 수장되어 있다.

다이구 료칸

大愚良寛. 1758~1831. 에도시대의 승려이자 시인. 무욕의 화신, 거지 성자로 불리는 일본의 시승이다. 시승이란 문학에 밝아, 특히 시 창작에서 뛰어난 역량을 발휘한 불교 승려를 지칭하는 말이다. "다섯 줌의 식량만 있으면 그것으로 족하다"라는 말이 뜻하듯 인간이 보여줄 수 있는 무욕과 무소유의 최고 경지를 몸으로 실천하며 살았다. 료칸은 살아가는 방도로 탁발, 곧 걸식유행(乞食遊行)을 한 것으로 유명하다. 오늘날 일본 곳곳에 세워진 그의 동상 역시 대개 탁발을 하는 형상이다. 료칸은 떠돌이 생활을 하면서도 시를 써가며 내면의 행복을 유지하며 청빈을 실천했고, 그의 철학관은 시에 그대로 담겨 있다.

사이교

西行. 1118 ~ 1190. 헤이안시대의 승려 시인이며 와카 작가(歌人)이다. 속명은 사토 노리키요(佐藤義清). 무사의 신분을 버리고 승려가 되어 일본을 노래했다. 사이교의 아버지는 북면무사였던 사에몬노조(左衛門尉)·사토 야스키요(佐藤康清), 어머니는 겐모쓰(監物)·미나모토노 기요쓰네(源清經)의 딸이다. 후지와라노 요리나가(藤原賴長)의 일기인 《다이키(台記)》에는 "선조 대대로 용사(勇士)"라고 적고 있다. 그의 가문은 무사 집안으로 사이교 역시 천황이 거처하는 곳(황거)의 북면을 호위하는 무사였다. 하지만 그는 1140년에 돌연 출가하여 불법 수행과 더불어 일본의 전통 시가인 와카 수련에 힘썼다. 각지를 돌아다니며 많은 와카를 남겼는데, 《신고금와카집(新古今和歌集)》에는 그의 작품 94편이 실려 있다. 승려로서 은둔하게 된 뒤 사이교는 구라마 산 등, 히가시야마와 사가 근교에 초막을 짓고 살며, 전에 일한 적 있는 다이켄몬인의 뇨보들과도 교류하였고, 요시노와 구마노, 무쓰, 사누키 등 일본 곳곳을 돌며 불도를 수행하거나 우타마쿠라(歌枕)를 찾기도 하고, 때로 와카를 지었다.

고바야시 잇사

小林一茶. 1763~1828. 고바야시 잇사는 일본 에도시대에 활약했던 하이카이시(俳諧師, 일본 고유의 시 형식인 하이카이, 즉 유머러스한 내용의 시를 짓던 사람)이다. 본명은 고바야시 미타로(小林弥太郎), 배호(俳号)를 잇사(一茶)라 하였다. 열다섯 살에 고향 시나노를 떠나 에도를 향해 유랑 길에 올랐다. 그 과정에서 소바야시 지쿠아로부터 하이쿠(俳句) 등의 하이카이를 배웠다. 잇사가 서른아홉이 되었을 때 아버지가 돌아가신 뒤, 계모와 유산을 놓고 다투는 등 역경을 겪은 탓에 속어와 방언을 섞어 생활감정을 표현한 구절을 많이 남겼다.

제임스 휘슬러

James Abbott McNeill Whistler. 1834~1903. 유럽에서 활약한 미국의 화가. '예술을 위한 예술'을 표방하고 회화의 주제 묘사로부터의 해방을 주장하여 차분한 색조와 그 해조(諧調)의 변화에 의한 개성적 양식을 확립했다.

매사추세츠주 로웰 출생. 어린 시절을 러시아에서 지내고 귀국 후 워싱턴에서 그림공부를 하다가, 1855년 파리에 유학하여 에콜 데 보자르에서 마르크 가브리엘 샤를 글레르의 문하생이 되었다. 그러나 귀스타브 쿠르베의 사실주의에 끌리고 마네, 모네 등 인상파 화가들과 교유하면서 점차 독자적인 화풍을 개척했다.

젊었을 때는 군대를 동경하여 3년간 웨스트포인트 사관학교에 다니기도 했다. 하지만 자유를 갈망하는 성격과 그림을 좋아하는 본성을 따라 미술을 시작하게 되었다. 파리에서 본격적으로 그림을 배웠고, 1863년 파리의 낙선자 전람회에 〈흰색의 교향곡 1번, 흰 옷을 입은 소녀〉를 출품하여 화제를 일으켰다. 그러나 그 작품으로 촉발된 일련의 사건들로, 파리에 대한 혐오를 느껴 본거지를 런던으로 옮겼다. 〈회색과 검정색의 조화, 1번-화가의 어머니〉 외에 〈알렉산더 양〉 등 훌륭한 초상화를 남겼으며 1877년부터 〈야경(夜景)〉의 연작을 발표했다. 휘슬러는 그의 작품을 회색과 녹색의 해조(諧調) 라든가, 회색과 흑색의 배색 등 갖가지의 첨색으로 그렸으며, 색채의 충동을 피하여 작품에 조용한 친근감을 주고 있다.

1877년 〈불꽃〉 등을 선보인 개인전을 런던에서 열었을 때 J. 러스킨의 혹평에 대해 소송을 일으켜 승소하였지만, 이는 몰이해한 군중을 한층 더 적으로 만드는 결과가 되고 말았다. 휘슬러는 또한 작가이자 평론가인 오스카 와일드와도 교유하여, 그의 강연집이 프랑스어로 출간되기도 했다. 그는 에칭에도 뛰어나 판화집도 출판했으며, 동양 문화를 모티프로 한 피코크 룸(현재 워싱턴의 프리미어 미술관으로 옮겨서 보존)을 설계하기도 하였다. 주요작품에 〈흰색의 교향곡 1번, 흰 옷을 입은 소녀〉〈회색과 검정색의 조화, 1번-화가의 어머니〉〈검정과 금빛 야상곡〉〈녹턴 파란색과 은색-첼시〉 등이 있다.

0-1
The Blue Girl 1872-1874

0-2
Bathing Posts 1893

1-1
Grey Note - Mouth of the Thames 1885

1-2
Variations in Violet and Green 1871

2
Nocturne in Black and Gold - The
Falling Rocket 1875

3
Nocturne: Battersea Bridge 1872-1873

4
Seascape, Dieppe 1884-1886

5
View of Venice 1880

6
Note in Gold and Silver –
Dordrecht 1884

7
Nocturne – Silver and Opal 1889

8
Flower Market 1885

9
A Shop with a Balcony 1899

10-1
The Priest's Lodging - Dieppe 1897

10-2
Courtyard and Canal 1880

10-3
The Shop - An Exterior 1883-1885

11
Black and Red 1884

12
Nocturne Grey and Silver 1873-1875

13
Chelsea Shops 1885

14
Man Smoking a Pipe 1859

15
Note in Opal the Sands Dieppe 1885

16
Nocturne Grey and Gold Canal 1884

17
Note in Blue and Opal 1884

18
Study for Mouth of the River 1877

19-1
Arrangement in White and Black 1876

19-2
Rose and Silver Portrait of Mrs
Whibley 1895

19-3
Symphony in White no.10
The White Girl Portrait of
Joanna Hiffernan 1862

20
Pink Note: The Novelette 1884

21
Pink Note: Shelling Peas 1883-1884

22
Nocturne: Blue and gold - St Mark's, Venice 1880

23-1
Nocturne: Blue and gold - Old
Battersea bridge 1875

23-2
Note in Red, The Siesta 1875

24
Harmony in Grey and Green: Miss Cicely
Alexander 1873

25
The beach at Selsey Bill 1865

26
Nocturne: Blue and Silver - Chelsea 1871

27
Harmony in Blue and Pearl: The
Sands, Dieppe 1885

28-1
Green and Silver - The Bright Sea,
Dieppe 1883-1885

28-2
Whistler James Symphony in Grey and Green
The Ocean 1866-1872

28-3
Coast of Brittany (Alone with The Tide) 1861

29
Violet and Blue: The Little Bathers 1888

30-1
Nocturne : Blue and Gold -Southampton Water 1872

30-2
Harmony in Blue and Silver: Trouville 1865

31-1
Colour Scheme for the Dining-Room
of Aubrey House 1873

31-2
Arrangement in Grey and Black No.1, Portrait of the
Artist's Mother 1871

31-3
Symphony in White, No. 2 The Little White Girl 1864

열두 개의 달 시화집
七月.
천둥소리가 저 멀리서 들려오고

초판 1쇄 발행 2018년 7월 15일
　　3쇄 발행 2022년 2월 23일

지은이 윤동주 외 15명
그린이 제임스 휘슬러
발행인 정수동
발행처 저녁달

출판등록 2017년 1월 17일 제406-2017-000009호
주소 경기도 파주시 문발로 142 쌈지빌딩 304호
전화 02-599-0625
팩스 02-6442-4625
이메일 moon5990625@gmail.com
인스타그램 @moon5990625
ISBN 979-11-963243-6-0 02810

값 9,800원